푸른사상
시선

54

바람의 구문론

이 종 섶 시집

푸른사상 시선 54

바람의 구문론

인쇄 · 2015년 6월 20일 | 발행 · 2015년 6월 25일

지은이 · 이종섶
펴낸이 · 한봉숙
펴낸곳 · 푸른사상
주간 · 맹문재 | 편집 · 지순이 | 교정 · 김수란

등록 · 1999년 7월 8일 제2-2876호
주소 · 서울시 중구 충무로 29(초동) 아시아미디어타워 502호
대표전화 · 02) 2268-8706(7) | 팩시밀리 · 02) 2268-8708
이메일 · prun21c@hanmail.net / prunsasang@naver.com
홈페이지 · http://www.prun21c.com

ISBN 979-11-308-0416-3 04810
ISBN 978-89-5640-765-4 04810 (세트)

값 8,000원

바람의 구문론

사람들이 다 사라지고
그림자조차 두려워 눈을 감지 못하는
칠흑같이 어두운 밤

길을 잃은 나의 언어들은
흰자위만 두리번거리며 눈치를 보고 있는데
나는 입술을 움직일 수가 없어
그들에게 아무런 말도 해주지 못했다

오래전에 축제가 끝나버린 나의 목마름
내 혀를 마비시켜 바람 속에 던져둔 죄
무사하진 못할 것이다

지나간 세월을 돌아볼 수만 있다면
수많은 소리들이 걸려 있는 처마 같을 것
그러나 아무 소리도 들리지 않고
빈 입만 매달려 바람의 언어를 연습하는 풍어 같을 것

새벽이 오기 전 나는
내 주머니 속에 아직 남아 있는
언어의 날개를 꺾어두어야 한다

얼마간의 기도를 하늘에 매달아두기 위해
하늘 높이 솟아 분수처럼 흩어져
다시 나에게로 첫눈처럼 내릴 소리의 향연

나는 그리움에 미친 사람이다

■ 시인의 말

제1부

| 차례 |

제2부

제3부

| 차례 |

제4부

제1부

무명 시인

우크라이나에는 6명만 사용하는 언어가 있다 인도네시아
에는 4명만 사용하는 언어가 있다
　그들이 죽으면 지상에서 완전히 사라질 언어들

지금도 몇 명만 아는 시가 있다 혼자만 아는 시가 있다

나비의 속도에 관한 명상

새로 뚫린 고속도로 절개지 사이를 지나간다

날개를 활짝 펴고 팔랑팔랑 날아가던 나비들이 하나둘 뒤
로 처진다

사람에게 추월당하는 나비의 속도

등으로 길을 받치고 있어서 속력을 내지 못하는 것일까

한번 들어선 길은 끝이 없고 가도 가도 출구는 보이지 않
는데

무엇 때문에 나비의 길을 따라 도로를 건설한 것일까

의문이 채 가시기도 전에 나타나는 터널들

푸른 애벌레가 나비가 되기 전까지 살았던

그 길고 어두운 폐가를 입으로 들어갔다가 항문으로 빠져

나왔으나

날개를 키우던 흔적은 보이지 않았다

인간이 만든 길은 왜 애벌레가 벗어놓은 허물의 집을 통과
해야 하는 것일까

알 수 없는 의문이 꼬리에 꼬리를 물고 날아와 머릿속에
앉을 때마다

팔랑, 유리창에 붙었다 떨어지면서 멀어져가는 작은 산의
절단면들

저 상처의 신음 소리를 꿈에서라도 들을 수 있다면

절개지의 날갯짓에 놀라 무심히 흘려보낸 것을 후회하지
않으리라

아득한 잠에서 깨어나

고개를 두리번거리며 누군가를 찾다가 문득 얻은 깨달음

인간에게 길을 내어주기 위한 나비의 속도는

날개 없는 별의 속도일 것이다

바람의 구문론

바람은 형용사다 나무를 흔들리게 하고 깃발을 휘날리게 한다 나무와 깃발 같은 것들 앞에 흔들린다와 휘날린다를 붙이는 것은 목숨과도 같아서 그런 표현이 사라지면 흔적조차 사라져버리는 것이다 바람은 동사도 된다 바닥에 있는 것들을 날아가게 하고 무생물체까지도 움직이게 한다 생명을 가지고 있는 것들이야 바람 따라 움직이지 않겠지만 생명이 없는 것들은 바람 부는 대로 움직이며 생명을 흉내낸다 바람을 통해 잠깐씩 살다 가는 목숨들이 아주 많다 바람은 접속사 역할도 한다 나무와 나무를 이어주며 꽃과 꽃을 연결하고 사람과 사람까지도 만나게 한다 바람이 없으면 외롭게 살다가 저 혼자 마감하는 세상 바람이 있어 서로가 손길을 스치고 눈빛을 주고받으며 마음을 나눌 수 있는 것이다 바람은 그러나 명사는 아니다 명사의 형질이 없어 무엇이든 명사로 보이는 순간 힘 한번 쓰지 못하고 그 자리에서 죽어버린다 꾸며줄 수도 있고 움직여줄 수도 있으나 대상 그 자체는 결코 되지 못하는 비문(秘文) 바람은 그러므로 존재사다 모든 것이 되고 싶으나 아무것도 되지 않는다 한 점 미련도 없이 대상의 존재를 다양하게 그려내는 문법에 만족한다 명사와 명사 사이에 불기도 하고 한 명사를 불어 다른 명사를 불게도 하는 구문론 읽을수록 끝이 없고 쓸수록 신비롭다

울음비빔밥 전문점

달랑 한 가지 메뉴만 하는데도
날마다 손님이 끊이지 않는 벽제 화장터
최고급 승용차를 타고 오는 손님부터
대형버스를 타고 오는 단체 손님까지
맛있게 먹고 가는 일품요리 비빔밥
초고속으로 재배해 따자마자 올려놓으면
양에 맞게 먹고 가는 비빔밥 애호가들
갓 수확한 재료로 만든 싱싱한 울음은
아무리 내놓아도 떨어지지 않아
망자의 씨를 뿌려 수확하는 그곳에선
사시사철 푸른 울음이 자란다
미식가들이 원하는 최고 품질을 얻기 위해
물이 아닌 불 속에 씨앗을 심으면
뿌리가 뻗는 것과 동시에 돋아나
속성으로 자라는 울음의 줄기와 잎사귀들
아직 맛을 모르는 아이들은 장난만 치고
맛에 달관한 노인들은 멀뚱멀뚱 구경만 하나
대부분은 눈물을 쓱쓱 닦아가며 먹거나

한입에 꿀꺽 삼켜 삭여버린다

오시는 손님마다 돈 한 푼 받지 않는데도

전국 체인망을 구축한 초대형 외식 센터

불경기에도 호황을 누리는 대박 음식점은

없던 입맛까지 돌아오게 한다

사과

그녀는 입과 항문만 있다
꼭 필요한 것만 남기고, 나머지는 모두 버렸다
언제나 크게 벌리고 있는 입, 그 속에는
길고 가느다란 혀가 있다
혀로, 남자와 대화하고 남자를 받아먹는다
배설하는 기능조차 잃어버린 제법 쪼글쪼글한 항문,
그녀가 먹는 것들은 뱃속에 들어가는 족족
자궁과 씨앗으로 변해버려 밖으로 내보낼 필요가 없다
동그란 몸에 흐르는 붉고 푸른 윤기는
그녀가 아주 만족스럽다는 표정,
더 이상 먹지 않아도 된다며
남자에게서 떨어져 나가 혀를 말린다
먹을 이유가 없는 입은 있으나마나,
스스로 재갈을 물어 식음을 전폐하는 것을 보면
그녀의 후손들은 항문마저 없어질지도 모른다
살아 있는 동안 입만 벌리고 있으면 되고,
그 입속에 죽을 때를 아는 혀 하나만
독하게 내밀고 있으면 되기 때문이다 그녀는,

아랫도리가 없어야 예뻐진다고 생각하는 게 틀림없다

입과 항문이 다 막혀

온몸이 부풀어 오른다

입과 항문만 남은 채 버려지는

자서전 한 권

팔자를 고치다

어릴 때부터 팔자가 부담스러웠다
고사리손으로 그리고 또 그려도
처음과 끝이 도무지 연결되지 않았던 8자
한 번이라도 반듯하게 이어보려고
돌고 돌아 제자리로 가는 곡선을 그었으나
출발 지점에 제대로 도착해본적이 없어
그때마다 살짝 팔자를 고쳐야 했다
인생의 팔자를 써야 할 때가 되어
근사한 동그라미 하나 만나기 원했지만
위나 아래에 두기에는 너무 크거나 작기만 해서
몸에 맞는 원을 찾기가 힘들었다
다행히 서로에게 어울리는 짝이 나타나
두 손을 꼭 잡고 살아가다 보니
기우뚱하긴 해도 그런대로 볼 만한 팔자
그 사이에서 작은 원들이 태어나
자신의 팔자를 위해 길을 떠났고
오래된 팔자만 빈껍데기로 말라가다가
먼저 손을 놓아버린 동그라미 따라서

남은 동그라미도 함께 누웠다

영원히 변하지 않을 팔자를 새기고 싶어

땅속의 집에 차례로 들어가

온몸을 녹여서 만든 갑골문자 한 쌍

획 하나를 위해 한평생을 바친 것일까

나란히 누워 있는 직선 두 개가

마주 보며 기대는 팔(八) 자가 되고

가슴과 얼굴이 붙어 사람 인(人) 자로 변하기까지

우주는 그 어느 때보다 고요했다

가로수가 사는 법 2

가로수 허리춤에 박혀 있는 동그란 스텐 번호표
녹슬지도 않고 때도 타지 않아 늘 깨끗하다
아침마다 반복되는 햇빛의 검문검색
번호표를 내밀어 반사시켜줄 때마다
더 이상 떠올리고 싶지 않은 아픈 기억들

쾅쾅 생살에 대못 박히며 번호를 받던 그날
이리저리 뒤틀며 몸살을 앓아야 했던 나무
플라타너스라는 이름을 가지고 있는데도
아무 의미 없는 번호의 조합으로
기록되고 불려야 하는 것이 불편했을까
밤마다 조금씩 몸속으로 물고 들어간 끝에
벌써 절반 가까이 삼켜버렸고
끝자리 숫자 하나 간단하게 없애버렸다

주민번호인지 수인번호인지 도무지 알 수 없는
이 갑갑한 감옥에서 속히 벗어나
나무 한 그루가 누려야 할 진정한 자유를 얻기 위해

통째로 삼키는 중인 동그란 쇳조각
나무 안에 나무 밖에 걸려 있는 반달 두 개

번호표가 완전히 사라져버리는 날
나무의 몸속에 두둥실 보름달이 떠올라
뿌리에서부터 우듬지 끝까지
구석구석 환하게 비춰줄 것이다

급히 옆구리를 열었다 닫은 수술 자국은
가로수가 평생 간직하고 살아야 하는 흉터
끌어안을수록 환하게 빛나는 상처 속에
동전만 한 번호표와 녹슬지 않는 대못 하나

이 땅의 가로수는 화인을 품고 산다

꼬리에 대한 가설

고래가 포유류라는 사실은 꼬리로 증명된다

꼬리를 바짝 치켜드는 짐승의 습관이 유일하게 남아 있어
바다에 살면서도 수면으로 떠올라 꼬리를 치켜드는 고래
의 습속

자기를 버린 세상에 대한 애증을 그렇게 드러내버린 날은
얼굴이 화끈 달아올라 깊은 바닷속으로 잠수한다
햇볕 한 줌 보이지 않는 바닥에 엎드려
며칠 동안 꼼짝도 하지 않은 채 식음을 전폐한다

온몸으로 깔고 앉은 꼬리를 감출수록 점점 커지는 몸뚱이
이러다가 아예 밖을 보지 못할 것 같은
알 수 없는 두려움이 턱 밑까지 차오른다

무거운 몸을 일으켜 돌아다니다 보면
자기도 모르게 기웃거리게 되는 바깥세상

한번 넘어온 국경을 다시 건너가기란

사실상 불가능에 가깝다는 것을 깨닫기까지는
그리 오랜 시간이 걸리지 않는다

살던 곳에서 아무도 몰래 쫓겨난 것인지
새로운 터전을 향해 스스로 야반도주를 한 것인지
폭풍에 지워져 기록 한 줄 남아 있지 않은 그의 일대기

그리움이 몽글몽글 피어오르는 밤이면
젖몸살을 앓던 기억의 보따리를 편다
꼬리를 까딱거리며 달려드는 어린 새끼들에게
햇빛의 DNA가 박힌 슬픔을 수유한다

삶과 죽음을 넘나드는 사선은 가까이에 있어도 보이지 않아
　꼬리는 넘어와도 몸이 넘어오지 않으면 괜찮다고 생각하
는 세상을 향해
　오늘도 반란을 꿈꾸며 꼬리를 내밀다 사라지는 짐승 한 마리

고래의 영혼은 꼬리에 있다

내의 뒤집어 입기

옷은 나를 위해 입지 않고 남을 위해 입는 것, 옷을 입으면 무대 뒤편으로 밀려나는 몸이 안쓰러워 내의만큼은 뒤집어 입는다 내의의 겉과 속이 바뀌자 보푸라기 하나 없는 말끔한 무대에서 편안하게 연기하는 몸의 마임, 사람들에게 보이려는 겉옷과 나를 위해 뒤집어 입은 내의 그 좁은 뒷골목에서, 소용돌이를 버리고 쉬는 바람은 언제나 달다

외출하기 위해 옷을 입으면 내의와 겉옷 중간 중생대 지층으로 입혀졌다가 집으로 돌아와 옷을 벗으면 발굴 현장처럼 사라지는 어둠, 속옷의 거칠고 투박한 이음새와 실밥들이 곤히 잠든 밤 남자는 무대로 올라가 여자의 내의가 된다 보면 볼수록 얼굴이 고운 사람들, 꾸미지 않아도 눈부시게 빛나는 전신 내의 한 벌 입고 면과 면 사이 그 편안한 집에 어둠을 슬어놓으면, 따뜻하게 시작하는 꿈의 옹알이

뒤집어 입을 내의도 없이 헐벗은 별 하나, 우주의 골짜기에서 너무 멀리 떨어져 있다 해와 달이 만들어준 옷을 내의로 삼아서일까 뒤집어 입기는커녕 제 마음대로 입었다 벗었

다 하지도 못한 채 누더기처럼 기워 입은 흔적만 늘어간다
은하수를 쇼핑하는 혜성들이 어떻게 볼지 몰라 허둥지둥 당
황하는 순간, 허리춤에 삐져나온 내의를 집어넣으며 이름이
라도 푸른 별이라고 지어준다

첼리스트 거미

바람을 연주하는 무반주 첼로 소나타

줄을 걸고 조율하는 아침

공연이 있는 날엔 더욱 신중하다

현을 어루만지며 떠올리는

그날의 화려한 무대

한번 걸리면 헤어날 수 없는 선율로

들뜬 마음들 칭칭 감아 잠재워야 하고

매너도 없이 날개를 파닥거리는 것들에겐

끈끈하게 조이는 맛을 선사해야 한다

숨이 멎어 심장이 터질 듯

가슴이 뛰고 식은땀 흐르는 무대 위

온 열정을 다해 활 긋는 소리에

꽁꽁 묶여 있는 먹잇감도 조용하다

팽팽한 줄 위를 천천히 기어가

뜨거운 침묵의 껍질을 벗기고

빨대를 꽂아가며 하나하나 파먹으면

사각으로 잘려 나가며 사라지는

손때 묻은 오선지의 구겨진 마디들

미친 듯 사방으로 퍼져가며

허공에서 버둥거리는 피치카토를

포르테시모로 구사하라는 지시어가 선명하다

하얀 핏줄을 긁어 비명을 지를 때마다

지상에서 떠오른 가여운 목숨들의 폐부에

16분음표 연타가 강렬하게 박히는 순간

눈에 보이는 절정은 처절했지만

뒤돌아선 마무리는 하염없이 깊었다

혼신의 힘을 다한 공연이 끝나면

힘줄 몇 가닥 느슨하게 풀어져 있어

내일을 위해 다시 손질하는 시간

이슬에 젖어 떨고 있는 바람의 보푸라기가

무반주로 혼자서 연습하는 첼로 모음곡

달빛 속에 아련하게 울려 퍼진다

천둥소리

지도에도 없는 시간이 흘러가는 푸른 바다
굶주린 눈빛을 잠재우지 못한 갈매기들이
빛살 한 가닥을 순식간에 낚아채 삼켜버렸다
뱃속에서 채 소화되기도 전에 배설되어
수직으로 낙하하는 비명의 어설픈 공중회전
마비된 지느러미로 헤엄치는 물고기가 덜컥 물어
아등바등 눈물겹게 딸려 올라가는 슬픔 속에서
하루 종일 소외된 시침이 눈부시게 휘청거리고
정해진 방향으로만 맴돌아 미칠 것 같은 분침도
바닷속에서 마른 소리를 내며 부러져버렸다
아가미를 다친 처절한 육질의 덩어리
눈만 감은 채 허공에서 푸드득거리다가
생애의 한 지점 그 알 수 없는 표면에 떨어져
가공할 만한 무중력의 충돌을 일으켰다
하늘이 옷 벗을 새도 없이 다급하게 뛰어들었으나
아무것도 보이지 않았다 그것으로 끝이었다
깃털이 뽑힌 바닷새들은 정전인 줄 알고
전선이 끊어진 전봇대로 소리 없이 날아가

보이지도 않는 눈으로 불을 켜 비상등을 걸었다
식은잠에서 깨어난 청소부들이 부두에 도착했을 때쯤
잠이 모자란 갈매기들은 부러진 초침을 지팡이 삼아
내일의 시간 예보가 희석된 바닷물을
흔들거리는 갑판 위에 게워내고 있었다

버려진 드럼통

배고픔을 견디지 못해 하늘만 쳐다보는

외진 바닷가 고래 한 마리

심해의 밑바닥에서 들이마신 검푸른 석유를

뱃속에 가득 채우고 살던 어느 날

뼈와 살과 내장까지 한꺼번에 빼앗긴 후

껍데기만 남은 산송장이 되었다

할 말이라도 있다는 듯 동그랗게 벌린 입

바람이 드나들며 움직여주니

기다렸다는 듯 울음부터 쏟아놓는다

눈물 위에 드문드문 부표처럼 떠 있는 말들

알아듣기 힘들어 가까이 귀를 대는데

멎었던 가슴이 올라갔다 내려간다

먹은 것 없이 비워내기만 하면서

남아 있는 힘을 모두 소진해버린 탓에

스스로 일어설 기운조차 없는 몸

어쩌다 평생 살았던 바다에서 길을 잃고

낯선 해변에 떠밀려와 울고 있는 것일까

마지막 남은 기름 한 방울까지

쪽쪽 빨아먹은 업자가

돈푼이나 겨우 받을 딱딱한 가죽

고물상까지 팔러 가기가 귀찮다는 듯

아무 데나 던져버리고 떠난 날부터

몸피 안쪽에 묻어 있는 기름 향을 맡으며

목숨을 연명하는 사향 고래 한 마리

공복의 쓰라림은 녹슬지 않는다

아쿠아월드

한류와 난류가 만나는 사우나에서
떼를 지어 비늘갈이를 하는 물고기들
물살을 거슬러 상류로 올라가는 동안
수없이 꼬리를 쳐야 했던 가여운 지느러미들이
휘어지고 늘어져버린 마디마디
다급하게 숨겨놓았던 아픈 상처를
뜨거운 양수에 몰래 담가놓고서
물꽃 아래 누워 혼자 울다 가는 곳
새우와 고래 꽁치와 고등어가
아무 갈등 없이 어울리다 가는 물의 성소에서
허물을 벗은 자들이 행하는 저 거룩한 예식
건기와 우기가 공존하는 불멸의 늪으로
살아 있는 물고기들이 꿈꾸듯 회귀할 때
물 속에서 물 밖에서 아가미를 뻐끔거리며
시간을 죽이고 있는 물고기들의 낙원은
문이 언제나 열려 있다
값싼 표 한 장 끊고 들어와
한세상 넉넉하게 머물다 갈 수 있는 이곳은

자유와 평등을 누구든지 보장받는

입장 불가가 없는 나라

가진 것 없이 빼빼 마른 멸치도

배가 볼록 튀어나와 헛배 부른 복어도

가리는 것 없이 당당하게 활보할 수 있다

눈치만 보며 납작 엎드려 지내야 했던 넙치도

위급할 땐 먹물 대포를 쏜다는

억울한 오명을 뒤집어써야 했던 오징어도

손가락질 한번 당하는 일 없이

마음 편하게 쉬었다 갈 수 있다

수많은 방들이 거리로 나와

누구나 붙잡고 호객행위 하는 시대

이처럼 안락한 곳을 더 이상 찾을 수 없어

몸과 마음이 지칠 때마다 은근히 그리워지는 곳

스스럼없이 이곳에 와서 훌훌 옷을 벗어버리면

모든 부끄러움을 깨끗하게 씻음 받는

우리들의 수중 천국

입맛

한동안 보이지 않았던 전지가위
마당 한쪽 잡초 무성한 곳에 버려져 있었다
함께 일하다 혼자만 가버린
무심한 주인을 원망하며 남몰래 흘렸을 눈물
검붉은 치석이 되어 가윗날에 달라붙어 있었고
벌어져 있는 입안 구석구석까지 온통 헐어 있었다
야속하게 쳐다보는 눈길을 피해
미안한 마음으로 두 어깨를 토닥거려주는데
북받치는 감정 억누르기 힘들었는지
참았던 설움 한꺼번에 터트리며
무슨 소린지 알아들을 수 없는 말들을 쏟아낸다
입놀림조차 제대로 되지 않는 화법
입모양으로도 도무지 구분할 수가 없어서
스스로 진정할 때까지 한참 기다려야 했다
앉은뱅이로 버려진 것도 억울한데
이빨 빠진 호랑이가 되어 누워 있는 가위를
마음껏 희롱하며 놀았을 풀들에게
이리저리 얻어맞은 뺨이 아직도 얼얼했는지

턱을 움직이는 것조차 힘들어 보이는 그

한동안 곡기를 끊고 살았던 터라

단단한 것부터 먹으라고 하기에는 너무 위험해

연한 풀줄기를 하나씩 뜯어서 입에 넣어주며

씹는 법부터 살살 다시 배우자고 했더니

늦게나마 마음이 풀린 것일까

오래가지 않아 잇날에 윤기가 돌기 시작했고

손아귀 힘도 조금씩 가벼워져갔다

어느새 입맛이 돌아왔는지

손을 쥐었다 폈다 할 때마다

맛있다 맛있다 소리가

기분 좋게 들려왔다

나무젓가락

하루살이보다도
더 짧은 목숨이 누워 있다
깊은 잠을 자다가 고향을 잃었다

적막한 나무 냄새가
한 끼의
경건한 기도로 이어지는 시간

벌목당한 발자국 소리가
이국의 정원에서
옷 벗은 나무들처럼 수줍은 듯 돌아선다

두 발로 살아온 생애를 위해
평생 단 한 번 울다가 죽는다는
흰머리새의 아침

거룩한 식사 시간의
아낌없는 수종이 끝났다

무르팍이 없어서

서 있거나 걸어야만 했던
작은 목숨들이
등불도 없이 조문하는 소리가 들린다

벗은 몸으로 왔다가
옷 한 벌 해 입고 가는 세상에
옷 입고 왔다가
벗은 몸으로 가는구나

가랑이를 찢으며
천둥소리를 내던 날
잎사귀도 없는 나무에 매달려
울어대던
매미의 날개가 가볍다

제2부

날지 못하는 짐승은 날개를 먹지 못한다

깃털이 수북하게 뜯겨 있는 한쪽에 날개를 벌리고 누워 있는 산비둘기 한 마리, 방금 잡아먹혔는지 몸통은 떨어져 나가고 날개만 남았다

날개를 벌린 채 날카로운 이빨에 몸통을 뜯어 먹히면서도, 날지 못하는 짐승은 날개를 먹지 못한다고 호탕하게 웃었을 것이다

벼랑 주식회사

내장산 단풍나무마다 겨울 내내 붙어 있던 나뭇잎들
떨어져야 할 때 떨어지는 것이 아름다운 일이나
떨어지는 것조차 주목받지 못하는 길을 가면서 벼랑을 키
운다
겨울 지나 봄이 오면
손 놓을 준비를 하는 단풍잎들의 심장에서
등 뒤에 벼랑을 만들어 한순간에 떨어지는 종소리가 들린다
오래 매달려 있을수록 더욱 깊어지고 맑아지는 벼랑
떨어지는 일도 이쯤 되면 붙어 있는 것보다 즐거운 일이다
겨울을 잘 견딘 노인들 중에도 봄에 목숨을 놓는 가여운
이들이 있다
봄에만 들을 수 있는 그 숨소리는 자신의 벼랑을 더듬는
소리
사람들은 일생에 단 한 번 고요한 소리를 들려주고 싶어
한다
죽음도 이쯤 되면 사는 것보다 훨씬 편안한 일
붉게 메마른 잎들이 겨우내 허공을 바삭거리며 만든 벼랑
으로 치면

세상에서 가장 크고 든든한 벼랑

겨울마다 대도시의 기차역에 탄생하는 노숙자들의 벼랑을
말해야 한다

그날의 양식 한 주를 배당받았다는 소식이 전해졌는데도

바닥을 쳤다는 소리가 아직까지 들리지 않는 것을 보면

집에서 떨어져 나온 사람들이 만든 벼랑의 넓이와 깊이는

애초부터 추측이 불가능했을 터

정읍역을 떠나는 기차가 기적을 울리며 벼랑을 애도한다

단풍나무 가지에 내려앉았던 붉은 새 떼가 하늘을 향해 날
아오르는 봄

새싹은 아득한 벼랑에서 눈을 뜬다

빙어

일조량이 터무니없이 부족했던 그해 겨울
앞이 보이지 않아 견디기 힘들었다
희미한 빛조차 스며들지 않는 날은
온몸을 투명하게 만들어야 겨우 살 수 있었다
뼈까지 녹아버리지 않을까 걱정이었지만
한 조각 햇살이라도 들이기 위해선 어쩔 수 없었다
폭설까지 내려 얼음장을 뒤덮으면
하늘은 백태가 끼여 뿌옇기만 했다
햇빛 부족 현상은 호수를 온통 뒤흔들어
모든 기억을 남김없이 게워내도록 사주했으나
머릿속까지 말끔하게 비워낸 물고기들은
몸이 보이지 않아도 문제 될 게 없었다
햇빛이 미치도록 그리워 죽고 싶을 때쯤
두개골을 때리는 맹렬한 굉음과 함께
커다랗게 뚫려버린 하늘
눈부신 빛이 쏟아져 들어오고
사이사이 끼어 있는 미끼를 허겁지겁 빼 먹는 동안
운 좋은 놈들은 하늘 높이 솟구쳐 올라가

꿈에 그리던 빛의 세계로 떠날 수 있었다
하루에도 수십 번씩 출구를 기웃거리며
지긋지긋한 백야를 어서 탈출하고 싶었는데
느닷없이 찾아와버린 잔물결 이는 계절
탈옥을 꿈꿀 수 없는 감옥에서
수중 낙원이라고 말하는 천국에서
다시 겨울을 기다리는
작은 물고기들의 눈은 한없이 맑았으나
머리는 텅 비어 있었다

성노래방

힘든 일이나 즐거운 일이 있을 때마다
어김없이 찾아가는 곳
혼자 가도 되고 여럿이 가면 더 좋은 즐거운 성소
안내위원의 인도에 따라 맞춤형 예배실로 들어가면
강단엔 마이크와 커다란 모니터
회중석엔 노래 책과 편안한 소파들
나와 우리만을 위해 세워진 이곳에선
지루한 말씀은 사라진 지 이미 오래
자신이 의지하는 신께 드릴 노래를
열정적으로 부를 수 있는 입만 가지고 있으면
누구든 평안을 체험하고 돌아갈 수 있지
화끈하게 달아오른 분위기에
찬물을 끼얹는 초신자들도 있으나
우리는 성숙한 신자들, 부드럽게 품어주지
갈급한 사정을 고백하는 자들은
주신을 만나 마음을 털어놓을 수 있고
더 뜨거운 것을 원하는 믿음 좋은 신자들은
특별 헌금을 내는 조건으로

도우미 사제들의 축복을 받을 수 있지
여사제들의 가무를 담당하는 보도방은
언제든지 부르면 달려가는 충성을 전수하는 곳
노래방에 다니지 않아도
노래교를 믿는다고 생각하는 자들이 많은 시대
한마음으로 손뼉 치며 찬송을 부르면
어느덧 자기가 신이 되는 곳

정치학개론

원시인이 먹이를 구하기 위해 함정을 파고 사냥감을 유인하면 선한 일이라 부족끼리 싸울 때 상대를 찌르고 죽여 종족을 보호하면 물론 선한 일이라 국가 간의 전쟁에서 술수와 계책으로 영토를 확장하면 당연히 선한 일이라 식민지를 얻기 위한 침략과 정복도 국익을 위하면 절대적으로 선한 일이라

그리하여 싸운다는 말, 전사라는 말, 용병이라는 말을 사용하는 현대 스포츠에 이르러 선수가 상대를 속이는 동작은 기술이 되고, 감독이 상대팀의 약점을 집중 공격하는 작전 또한 칭송받아 마땅한 선한 일이 되었느니라

그러므로 정치인이 거짓말을 밥 먹듯 해도 선하다고 하느니라 먹고살자고 하는 사냥과, 승리를 얻기 위한 싸움과, 일종의 모략을 구사하는 전쟁과, 선수의 개인기를 입증하는 스포츠를 보라 이 모든 역사에서 빠짐없이 등장하는 정치 원리 제1장 선악의 개념을 학습한 인간들은 실로 위대하였나니

오로지 인간 행복권 하나만을 위해 장구한 세월 동안 마늘

과 쑥만 먹으며 뼈를 깎는 고통을 견딘 그들에게 신의 은총이 있을진저 역사상 가장 선한 책이었던 삼국지를 경전으로 삼아 그 속에 가득 찬 선인들의 지혜를 계승하라

이제 막 선의 길로 들어선 자들과 지금까지 선을 위해 불철주야 헌신한 자에게 무한한 축복을 내리노니, 완전한 선인의 자격을 갖춘 그대들이여 오직 선을 배반할까 두려워하며 선한 덕업을 쌓기 위해 전심전력할지라

그대 아닌 자들과 힘겨루기를 할 때 수단 방법을 가리지 말고 싸워 이겨, 영원한 선의 나라를 증명하고 이 땅에 그 나라를 건설하라 정계에는 선만 가득하며 털끝만큼의 악도 개입할 수 없다는 것을 모르는 불신자들이 많으니

엘리베이터

자신만만한 금속성 표정의 그놈은 잡식성이다, (그러나 썩은 것은 먹지 않는다)
커다란 구멍 하나로 먹고 배설하며 산 채로 집어삼켰다가 산 채로 뱉어낸다

(사각형의 그 위험한 내장 속에 들어가는 것은 얼마나 황홀한 일인가) 어서 만찬을 준비해야지?

문이 열리면 식사 시간,
(식단의 기록만 CCTV에 남긴 채) 아무도 눈치채지 못하게 밥을 먹는다

들어가면 나오는 것이 보장된 식탁인데 무엇이 두려울까
(닫히면 다시 열리는 입속에서) 단지 음식이 되었다가 배설물이 되어 나올 뿐
이빨 자국 하나 없을 텐데

공기만 마시는 척

(공기와 함께 빨려 들어오는 것들을 어쩔 수 없이 먹는 척)

수족관의 물고기처럼 종일 뻐끔거리면서, 입을 열면 불어오는 바람 속에 그리운 살냄새를 맡는데도

도무지 식욕이 돌지 않는다(느닷없이 문이 닫히고 나서야 아아, 안 돼, 안 돼, 안 돼, 외치는 소리)

더 살고 싶······(공포가 살 속에 스며들어

육즙으로 바뀌는 순간을 기다리고 있었던 것일까?)

입술은 수직의 공간을 만들며 좌우로 열렸다 닫힌다 산 것들만 서서 들어오라고

(저놈은 누워서 먹는 습관을 가지고 있는 게 틀림없어!)

호출하는 사람 하나 없을 때는 입을 굳게 다물고 있다가 호출해놓고 가버린 사람이 있을 때는

하품만, 쩌억

바코드

비가 내린다 저 거대한 우주의 상품에 매겨지는 값
가늘고 기다란 수직의 막대기들이
집을 향해 사람을 향해 내리꽂힌다

꼬리표를 받지 않고 맨몸으로 살기 위해 우산을 쓰고 다니
는 사람들
불길한 징조를 피하려고 손바닥으로 하늘을 가리지만
거리에서 달려드는 자동차의 불빛
가슴과 옆구리를 찍어
평생 숨기고 싶었던 갈비뼈를 읽고 간다
네온사인의 신음 소리

장마라는 이름의 대바겐세일 기간
얼마나 많은 상품이 진열되었다 팔려 나가는 것인지
계산대에서 번개가 번쩍, 천둥이 쾅쾅, 바코드를 찍는다
끝내 범람한 홍수에 쓸려가는 상품들
반지하 창고에 매몰되어 복원을 기다리는 현대 유적들
머지않아 관람료를 지불할 날이 오리라

가장 오래전에 탄생되었다는 현악기들은

비의 모양을 본떠 만들었다지

소년이 기타를 딩가딩가 퉁기면서 듣는 사람들의 마음속에 슬그머니 오선을 그어 달래주었다지

빗소리를 닮은 연주로 여인들을 미혹하면서

한밤중에 기우제를 지내던 이방인 중에

사제는 없었다지

장님이 부르는 구슬픈 노래가 예언의 말씀이었다지

바코드에 의해 생성되고 유지되고 파멸도 된다는 것을 온몸으로 직감하는 곤충들의 역사

다리가 많을수록 확실한 깃털 하나

아니 플라스틱 빨대라도 머리에 꽂아

이 땅에 거대한 왕국을 건설하고 싶었던 그들

은막에 비쳤다 사라지는 먼지 같은 빛 그림자를 꿈꾸었던 것은 아닐까

비를 프린트한다 바코드의 얼룩과 문진으로 가득한 거리

속살이 떨리고 뼈가 아린다

초대형 마트에 전시되었다가 반품된다

코르셋

뼈가 굳기 전부터 철로 만든 실 옷을 입어야 하는 분재들, 전시장에 앉기 위해 먹을 때도 배설할 때도 심지어는 잠잘 때까지도 철사로 단단히 조이는 속옷을 입어야 했다 자랄수록 더 질기고 두꺼운 것으로 바꿔 입어야 하는 운명, 뼈가 으스러지는 고통을 느낄 때마다 몸을 비틀며 참아야 했다 한창 자라는 시기에 몸을 만들어야 평생 행복하다는 교훈, 온몸에 새겨진 자국들은 끝까지 살아남은 자만이 지니는 문화훈장, 구경꾼들은 잘 다듬어진 몸매만 바라보며 찬사를 늘어놓을 뿐 사슬이 남긴 흉터 자국에 대해선 아무 말도 하지 않았다 관심을 가지고 가까이 접근하는 사람들조차 잘빠진 바디라인을 보며 감탄만 연발할 뿐 이전까지의 모든 것에 관해선 침묵했다

성형 천국으로 인도하는
소인국의 유일한 경전, 코르셋

게장

맑은 물속에서 살다
영문도 모른 채 잡혀 온 녀석들

희미한 빛줄기 하나 들어올 틈조차 없는 감호소, 한꺼번에
배급해준 시커먼 죽에 회한의 눈물이 섞이고, 미끄러운 벽을
기어오르다 툭툭 떨어지는 놈들의 비명 소리가 들린다 제 몸
집만 한 가위손에 장을 지지며 벌컥벌컥 들이키는 검은 물,

참고 견뎌야 한다

진흙탕에 뒹굴수록 살맛 나는 세상이 올 테니까

미혼모*를 위한 변명

울지 마세요 눈물이 흘러도 눈물을 닦지 마세요 그 눈물이
과거를 씻어줄지도 몰라요 변명하지 않아도 다 알아요 당신
의 얼굴이 진실하다는 것을

울지도 못한 세월을 탓하진 않겠지만 그 세월을 붙잡을 수
도 없어 벽도 없는 집에서 서성거리다가 한없이 따뜻한 그에
게로 왔군요 그가 우리에게 당신의 이름을 조용히 묻어두라
고 하는 이유를 알겠어요

세월이 지나가면 당신을 잊겠지만 당신은 잊을 수 없는 표
정과 눈빛으로 비둘기도 없는 광장 모퉁이에 오후 6시가 되
면 나타나 웅크리고 있을 테니 우리는 단지 그것이 아프고
힘들 뿐이에요

미안해요 당신은 말없이 모든 말을 하고 있는데 우리에게
저기 잠깐만이요 하면서 자신 없는 몸짓으로 우리에게 오려
고 하는데 우리는 서둘러 집으로 돌아가야 하네요

마침내 그날의 모든 고백까지도 잊어야만 하네요 당신의

눈빛을 기억하는 것으로 위안을 삼을 뿐 당신의 저당 잡힌
추억을 들어주기에는 우리의 팍팍한 삶이 너무 버거워요

그런 우리들 앞에 잘난 자들도 당신을 편안하게 쳐다볼 수
없도록 고단한 자들도 당신을 동정할 수 없도록 그런 우리들
앞에 당신을 세워두는 이유가 무얼까요?

* 키스 반 동겐의 작품, 〈마티스와 불멸의 색채 화가들〉전에 전시되
  었던 그림.

애완남 길들이기

없으면 생각나고 있으면 귀찮은 애완남, 한 마리 분양받아 길들이기 시작한다

처음부터 좋은 습관을 갖는 것은 어려워 부단히 인내하며 훈련시켜야 한다 부견과 모견의 우수한 혈통을 이어받은 자견이나 잡종이어도 뛰어난 품종일 경우에는 주인의 귀여움을 독차지하며 레이스가 달린 푹신한 침대 위에 올라가 온몸으로 재롱을 부릴 수 있지만, 혈통도 품종도 뛰어나지 않은 것들은 아무리 가르치고 잔소리해도 말을 듣지 않아 배변이나 제대로 하는 것을 다행으로 여겨야 한다

서당 개 삼 년이면 풍월을 읊는다고 했던가 주인이 밤늦게 귀가하는 날이면 빨래 개고 청소기 돌리고 설거지까지 하는 애완남, 주인이 엉덩이를 두드려주고 뽀뽀까지 해주면 분양받자마자 꼬리를 잘라버린 주인 덕에 살랑살랑 흔들고 싶은 꼬리가 없어 아쉬울 정도, 주인의 품속에서 목덜미를 핥아주면 주인도 함께 뒹굴며 좋아라 난리다

자신의 애완남이 도무지 말을 듣지 않는다며 더 이상 기르

고 싶지 않다는 친구를 만났을 때, 애초부터 가능성 있는 품종을 선택했어야지 한마디 하고선 헤어질 수밖에 없었는데, 집에 돌아와 문을 열고 들어가자마자 갖은 아양을 떨며 애교를 부리는 애완남

　이 녀석이라도 없으면 외로워서 어쩐담, 꼭 안아주는 애완남의 털이 부드럽다

의자 고문

죽자 사자 시를 쓰는 동안 의자에 갇혀서 지냈다

뒤에는 커다란 벽이 있고, 왼쪽과 오른쪽에는 굵은 창살이 있고, 앞에는 취조하는 책상과 그 위에 진술서를 받아 적는 노트북 컴퓨터, 초소형 독방이었다 역사 이래 이런 감옥이 없었다

모조리 불기 전에는 빠져나갈 수가 없었다 어쩌다 잠시 풀려나기도 했지만 정신을 차리고 오라는 집행유예의 외출이었을 뿐, 다시 시의 노역장으로 끌려가 자백을 강요당하며 살았다

아무도 감시하지 않았지만 나는 정의로운 양심수, 스스로 만족할 때까지 쉬지 않았다 모범수라고 가석방해주는 불온한 포기에 물들지 않기 위해, 작업량 그 이상을 채운 날도 많았다

일이 끝나기 무섭게 하달되는 작업지시서, 그때마다 등짝

에 무서운 통증이 찾아왔다 고통을 참아가며 작품을 완성해 차곡차곡 쌓아두었으나, 제대로 평가받지 못하는 것들만 수두룩

아무도 관심 갖지 않는 취조실에 흉물처럼 남아 있는 고문 기구, 그 옆엔 역모를 꿈꾼 죄로 잡혀 온 노예 하나

시인의 방엔 해가 뜨지 않는다

겨울옷장

겨우내 입었던 옷들
줄줄이 비좁은 서랍으로 들어가는 신세
부디 불평하지 않기를
혹한 속에서 불철주야 수고했어도
지금은 물러가야 할 때
얼어붙은 시대를 위해 태어나
충성을 다했으니
다시 부름받을 날이 올 때까지
아무도 기억해주지 않는
답답한 세월 잘 견디기를
억울한 감옥살이일지라도
동료들과 함께 수감되어
그나마 다행
혹여 원망의 좀이라도 슬면
어깨동무하고 있는 동지들까지
모두 다친다는 것을 명심하기를
한 평도 안 되는 감옥은
창문도 면회도 없고

모범수라고 복역 기간을 감해주지도 않으니

시절이 바뀌기만 기다리며

편안하게 쉬다 나오기를

시대와 말 걸기, 혹은 불화하기
— 마티스와 불멸의 색채 화가들

한 사내가 한 시대를 뚜벅뚜벅 걸어 나왔다 그가 보았던 풍경이며 사람들에게 말을 걸기 위해 아무것도 들지 않고 그 냥 빈손으로 그가 보았던 시대로 걸어 나왔다

그가 이미 나가버린 빈자리를 보면서 시대는 불화하기 시 작했고 잘난 사람들의 시대가 끝나버렸다는 것을 알게 되었 고 그들의 가면이 벗겨질 것을 두려워했다

웃는 사람들은 그 앞에 설 수 없었고 고단한 자들만 마음 의 옷을 벗으며 그 앞에 나타나 곤히 잠을 잘 수 있었다 그는 그런 자들을 아무 말 없이 바라보기만 했다

시대가 조심조심 갈 길을 찾아 두리번거리며 저녁 그림자 속에서 걸어 나오려고 할 때 그는 그가 보았던 풍경이며 사람 들을 위로하고 용서하며 다시 시대 속으로 돌려보내곤 했다

제3부

4월

찬란했던 꽃잎들 위로 생을 포기한 비가 떨어진다 차갑게 내리꽂는 직선의 슬픔이, 한 철의 두려움을 이기지 못해 꽃불로 번져가는 꽃잎들 위에 시간보다 빠른 속도로 충돌할 때, 꽃들은 세상에서 가장 깊은 상처를 잉태한다 그 얇은 꽃잎들이 견디다 못해 눈물도 없는 하강의 길을 택한 것은, 든든한 배경이 되어주었던 하늘이 자신의 화려했던 심장에 차가운 비수를 꽂았기 때문이다 꽃잎들이 사라지면, 어린 가지들은 배부른 식사를 마음껏 할 것이다

우주를 연주하다

낮의 오선 위엔 강렬한 음악을 연주하는 해, 밤의 오선 위엔 고요한 음악을 연주하는 달, 낮에는 지상의 모든 것들이 해의 장음계에 맞춰 소리를 낸다 밤에는 천상의 모든 것들이 달의 단음계에 맞춰 노래를 부른다

해와 달이 있어야 음정을 가지는 지상음계와 천상음계, 땅에서는 하늘을 향해 꽃이 피고 나무가 자라고 새가 날아다닌다 하늘에서는 무수히 많은 은하수 별들이 땅을 향해 고운 눈을 반짝거리며 내려다본다

오른손과 왼손으로 연주하는 높은음자리와 낮은음자리 사계(四季), 낮과 밤을 한 장씩 넘기며 연주하는 해자리와 달자리 하루하루, 연주하는 사람은 보이지 않아도 관현악은 날마다 들린다 장대한 하모니가 천지에 울려 퍼진다

오선에 음표를 그려도 음자리표가 없으면 정체불명의 소리가 난다 땅과 하늘에 수많은 생물과 별들이 있어도 해와

달이 없으면 무용지물이 된다 온 우주에 흐르는 교향곡은 1
악장부터 7악장

　연주가 시작되면 언제 끝날지 아무도 모르는 코스모스 심
포니, 몇 악장을 연주하고 있을까 귀를 기울이면 천체를 지
휘하는 거대한 손이 보인다

구름떡쑥

한라산에서 보았다 구름이 구르고 있는 것을 구름은 덮지
않고 구른다는 사실을 그리하여 산과 언덕을 낮게 엎드려 구
르면서 부드럽게 어루만지는 구름은 구르다에서 왔다고 정
의한다 평지에서는 보이지 않고 높은 산에서도 찾을 수 없는
구름의 출생지도 바로 이 산일 거라고 추정한다 명사는 동사
의 뿌리에서 나오는 것 구르다와 구름처럼 동사를 명사로 바
꿔 이름을 정하는 것이 어디 구름뿐이랴 바라는 것이 많아서
온 세상에 구름을 데리고 돌아다니는 바람도 그런 것을 구름
도 바람 같아서 어디 간들 구르지 않으랴 하늘에 가서 구르
다가도 때가 되면 지상에 내려가 물이 되어 구르는 것일 뿐
언제 어디서나 구르기를 쉬지 않는 구름의 문법 그 비서(秘書)
한 권을 품고 한라산에서 내려온 뒤 나도 책을 끼고 살면서
구르기 시작했다 구르기 쉽게 내 몸의 뾰족한 것들을 보이는
것마다 꺾어버렸다 그렇게 구르다 보니 내 마음의 울퉁불퉁
한 것들도 부드럽게 다듬어져가는 것을 느낄 수 있었다 그리
하여 높은 곳에서도 신나게 구르고 낮은 곳에서도 편안하게
구르다가 산을 만나서도 산을 어루만지듯 구르면서 오름 오

름 오를 수 있었을 때, 비로소 구름의 생명을 얻은 증거로 구
름떡쑥이라는 청정한 이름 하나 받을 수 있었다

* 구름떡쑥은 제주도 한라산의 높은 산, 건조한 풀숲에서 자라는 다
  년생 풀이다.

검멀레동굴

그녀는 언제나 뒷걸음질만 치며 살아왔다

한 발자국 물러서는 만큼 번지는 그늘 한 줌, 고래 눈망울
에 어린 심연의 물꽃을 보았던 것일까 바람에 저린 슬픔으로
허기를 채우며 말없이 웅크리고 있는 그녀, 동굴로 돌아오면
존재 자체가 사라져버리는 그림자가 차라리 편안하다고 자
신의 상처를 어루만지며 달래주고 있다 눈물이 말라도 벽화
가 되지 못하는 숙명을 알고 있다는 듯 멍하니 입을 벌리고
있는 그녀, 먼 바다를 향해 하고 싶은 말이 무엇일까 입을 항
상 벌리고 있었으나 단 한 번도 말하는 것을 보지 못했다 바
깥을 향해 등을 돌려 앉는 오래된 습관이 그녀의 말문을 닫
게 했을지도 모른다 물렁한 뒤편에서 적막한 바람이 불어와
젖은 말의 물기까지 징발해가는 나날, 외진 바닷가 동굴 속
에 쓸쓸한 그리움을 몰래 숨겨놓은 바람이 밀물을 타고 들어
왔다가 한바탕 질펀한 울음을 채워놓고는 썰물과 함께 속절
없이 빠져나가는 하루하루, 썰물도 바람도 먼 바다로 나가지
못하고 언제나 그 자리에서 맴돌며 우우 동굴 속에서 들은
검은 울음을 토해놓기만 했다 뒤돌아보면 주춤주춤 물러가

기만 하는 물그림자, 그 위에 몇 자라도 써서 줄 끊어진 부표처럼 세상 밖으로 띄워보고 싶은 마음을 추스르기 위해 지금도 안간힘을 쓰며 파도가 밀려올 때마다 멍울을 적시고 있을 그녀

    수명을 다한 바람이 돌아와 죽는 그곳
    상복을 입은 그녀의 품이 고요하다

* 우도팔경에 속하는 검멀레동굴은 해안의 모래가 검정색이라는 제
  주말 '검몰레(검은 모래)'에서 유래했다. 우도 사람들은 '고래콧구멍
  동굴'이라 부르기도 한다. 밀물 때는 입구를 찾을 수 없고 썰물 때
  물이 빠지고 난 후 모습을 드러낸다.

노산

호박의 출산을 위해 배를 가르니

작고 넓적한 씨앗들이 바글거리고 있었다

비늘도 나지 않고 색깔도 무채색인 새끼들

하나씩 달려 있는 붉은 실들이

바닷속 산호 숲을 이루고 있었고

그 사이를 헤엄치며 놀던 치어들은

봄부터 가을까지 토실토실 살이 올랐다

어미의 힘만으로는 산란을 할 수도 없고

그 많은 탯줄조차 끊을 수도 없어서

결국 칼을 댈 수밖에 없었는데

핏덩이들을 꺼내는 순간 손바닥을 벌겋게 물들이며

손가락 깊이 물컹하게 감기는 탯줄들

말끔하게 제거해주지 않으면 자궁이 상한다기에

단단한 바닥이 드러날 때까지

숟가락으로 박박 긁어내고

아기들 끝에 매달려 있는 핏줄까지

물에 담가 비비면서 일일이 제거해주니

호박색으로 뽀얗게 윤기가 나는 산모와 아기들

쏟아지는 빛에 눈이 부시다는 듯

얼굴을 움직이며 꼼지락거리는 녀석들 옆에

분만을 막 끝낸 어미가 편안하게 잠들어 있다

은행나무 학교

중요한 내용에 밑줄을 그으려고
노란 분필을 잡는 순간
환하게 보이는 고향집 은행나무
일 년에 1교시만 공부하는 학교는
바람 맑게 흐르는 하늘에
우듬지가 판서하고
푸른 잎사귀들이 글을 읽었다
수업이 모두 끝나
교실 밖으로 나온 은행잎들이
노란 얼굴을 마주 보고
수다를 떠는 마당가
은행나무 그늘을 드나들며
어깨너머로 글을 배우던 아버지도
지겟작대기를 손에 쥐고서
침을 발라 꾹꾹 눌러 글자를 쓰셨다
무거운 짐을 지고 나섰던 길마다
단단한 문장을 새겨놓았고
집으로 돌아와 지게를 내려놓을 때면

긴 이야기의 마침표를 찍어

수업을 끝내곤 하셨다

아버지가 남겨놓은 자서전을

다 읽어보기도 전에

막대기를 들고 칼싸움하던 손이

노란 분필을 잡아 부끄럽기만 한데

강조할 곳이 얼마나 많았는지

칠판 아래 수북하게 쌓인 은행

노란 가루가 잔뜩 묻은 손가락

내 삶의 밑줄을

진하게 그어놓은 흔적이다

민달팽이

1.

집 없는 달팽이,
몸집이 크고 길다
집을 벗어버려
잡혀가지도 않는다

달팽이가 신기해도
동그란 집이 없으면 관심 밖,
집을 위해 평생을 바치는 사람들에게는
달팽이집이 달팽이였던 것이다

집을 나선 적도 없고
돌아갈 집도 필요 없는
달팽이 한 마리,

집이 없어 홀가분한지
배밀이로 가는 걸음
바람처럼 가볍다

2.

여든이 넘어서도
목수로 일하는 아버지

잘 마른 나무 위를
온몸으로 기어 다니며
자르고 깎아 만든 목조 건물 속,
한 마리 달팽이가 되어간다

자신의 분비물로 만든 탑을
들락날락,
뼈 묻을 준비를 하고 있는 것일까
아흔을 바라보는 나이에도
아침마다 이슬 찾아 나선다

마디 하나 없는 몸에
투명한 집 한 채,
무척추동물이 평생 걸려 세운

무덤이다

3.

있는 것인지 없는 것인지
알 수 없는 나의 집

안에 있든 밖에 있든
집에 맞춰 살아간다는
깨달음 하나 배우자마자
내 눈을 스치고 가는 바람의
거대한 몸집

보이지 않는 꽁무니를 따라
땅끝까지 기어가면

달팽이관 그 속에
달팽이자리 별들이 살고 있다

배추흰나비

잎을 주다가
줄기까지 내주며
품속에서 키운
애벌레 한 마리
훨훨 나비가 되어
배추밭을 떠났다
서울 꽃밭에서
잘 살 줄 알았는데
새끼들 데리고 나타나
아무 말 없이
고개만 숙이던 날
목침 베고 돌아누워
시든 눈물만
삼키는 어머니
그때부터
젖은 날개를 말리는
큰언니 나비의
힘겨운 날갯짓이
시작되었다

소나무 평전

한옥을 철거하면 있는 그대로 드러나는 뼈들

맨몸으로 기둥과 들보와 서까래가 되어

지붕을 받쳐주고 벽을 붙잡아주었던 나무들이 보인다

한 집안의 기둥이 되어 무논을 매어주며 묵은 밭도 갈아주고

튼실한 새끼까지 쑥쑥 낳아주었던 소처럼

산에서 자란 나무도 밑동이 잘려 코뚜레를 꿴 이후

한 집안의 든든한 뼈와 힘줄이 되어주었다

코를 뚫고 맛보는 또 다른 삶의 희열을 위해

호랑이는 죽어서 가죽을 남기고

사람은 죽어서 이름을 남긴다는 말을 되새김질하며 사는 동안

나무는 죽어서 뼈를 남긴다는 잘 마른 격언 하나 만들 수 있었다

천장과 벽 사이 나무와 나무가 물린 이음새마다

오물오물 턱관절 움직이는 소리가 들릴 때면

마을로 내려간 나무들의 안부를 걱정하는 산에서는

이른 아침부터 소죽 끓이는 냄새가 진동했다

여물통에서 모락모락 피어오르는 김이

바람을 타고 날아가 집집마다 소식을 전하면

이미 집이 되어버린 나무도 한걸음에 산으로 달려가

음메에 소리 지르며 가족들을 불러보고 싶지만

먼발치에서 귀동냥으로만 듣고 흘려야 하는 처지

그래도 낙심하거나 게으름 피우는 법 없이

더욱 부지런히 집을 떠받들고 있는 나무들에게

앞으로 그렇게 죽어서 살아갈 나무들을 위해

아무나 함부로 사용하지 않는 이름

유일하게 한 종족에게만 부여하는 영광의 이름을 주었다

사람을 위해 한 가문의 뼈대가 되어준 나무를

소라고 부르는 데는 그만한 이유가 있다

야생을 사육하다

잣나무 숲속을 산책하다 비탈의 바위에 눈길이 머물렀을 때,
살짝 파인 얕은 구멍에서
뿌리가 엉겨 붙은 채로 한꺼번에 여덟 촉이 자라고 있는
것을 보았다

잣방울이 바람결에 떨어져
밑에 깔린 씨들은 죽고 위에 있는 씨들만 싹이 난 것일까
잣 터는 막대기에게 몇 알 얼른 내어주고 피신하다
이곳에 숨어 겨우 목숨을 부지한 것일까
겁에 질린 녀석들은 서로 손을 꼭 잡고 있었다
눈도 뜨지 않은 사자 새끼들이 오밀조밀 하품을 하고 있었다

집으로 데려와 넓은 화분에 풀어주었다
워낙 식성이 좋고 활동량도 많은 탓에
그중에 한 녀석 일찍 눈 밖에 나기 시작했다
끝내 비실비실 말라버려 잘라낼 수밖에 없었다
절벽으로 떨어뜨려 기어 올라오는 놈만 키운다던 야생의
법칙이 적용된 것이다

자랄수록 **빳빳**해지는 갈기를 휘날리며 아웅다웅하다가도

이내 온순해지는 녀석들,

사이좋게 지내는 것 같았는데 어느새 두 녀석 몸집이

다른 녀석들을 따라가지 못할 정도로 왜소해져 있었다

어차피 죽을 목숨 좀 더 살게 해주고 싶었지만,

강한 놈 먼저 생각하는 야생의 본능 탓에 벼랑 끝으로 밀어버렸다

남은 다섯 놈이 발톱을 세우며 포효하는 소리

며칠 지나 또 어느 녀석이 뒤처질지 안쓰러운 마음,

잣나무 목덜미를 가만가만 쓰다듬어주었다

똑같이 자라도 결국엔 한 놈을 선택한 뒤 다른 녀석들을 사지로 내몰아야 한다

끝까지 살아남은 녀석도 결국엔 집 밖으로 보내야 한다

좁은 거실을 흔드는 사자 새끼들 울음소리,

점점 뾰족해져가는 갈기를 쓰다듬어주는 일도 갈수록 위험천만해지는

야생 잣나무 사육기

물 위에 쓰는 편지

한동안 외로움을 배워야 하는 가을 나무들이 가지를 뻗어 계곡에 호수에 강물에 제각기 써놓은 편지, 할 말은 많은데 감정은 북받쳤는지 다급하게 써놓은 나뭇잎 문장들이 뒤엉켜 있다 뼈가 시린 것은 참을 수 있어도 붉은 잉크가 새는 것은 견딜 수 없었다 수신인을 몰라 부칠 수 없는 편지라도 후련하게 휘갈겨야 직성이 풀렸다

해마다 찾아오는 그 흔한 이별을 아직도 준비하지 못했는지 봉인도 못한 편지에선 물굽이를 지나갈 때마다 잔물결이 흘러나왔다 오래도록 대문 앞을 서성거리다 강바닥의 희미한 번지수를 찾아 가라앉았다 그 작은 흔들림에 놀라 고개를 돌리면, 여울이 지는 물의 우체국이 자리 잡은 곳마다 배달 준비로 분주한 바람의 손가락이 눈부셨다

물의 편지지가 없어 쓸쓸한 숲 속 나무들은 밤하늘에라도 쓸 수 있기를 간절히 빌었다 발아래 편지를 묻고서는 손 모아 별을 가리키며 잠들었다 머뭇거리던 거리의 나무들은 참다못해 거친 보도블록에 막힌 속을 털어놓았다 그마저도 성

에 차지 않는 가로수들은 위험한 아스팔트 위에 유서 같은 편지를 쓰기도 했다

그럴수록 더욱 부대끼는 마음들, 한두 차례 빗물 따라 마감 시간에 쫓겨 흘러가는 편지들, 뒤늦은 편지를 부치며 달래보는 강가에서 물결 따라 흘러가는 주소 불명의 사연들, 하고 싶은 말 남김없이 다 썼을까 봄이 와야 채울 수 있는 푸른 잉크, 일 년 뒤에나 쓸 수 있는 단풍 편지, 오늘도 당신이 그리워 물 위에 편지를 쓴다

꽃의 무게

꽃이 활짝 필수록

점점 휘어지는 가지

꽃에도 무게가 있는 것이다

떨어지는 꽃을 붙잡으려고

가느다란 손을 내밀며

꽃의 뒤를 따라가는

가지들의 행렬

꽃의 마지막 길을

고스란히 기억하고 있는 가지마다

아찔한 꽃 냄새가 말라간다

바닥에 부딪쳐 누워 있는

꽃들을 바라보는 순간

비로소 느끼는 통증

소름처럼 푸른 싹이 돋는다

고개를 돌려 살펴보는 빈자리는

떨어진 꽃잎들이 남긴

맨발의 유서들

천 길 벼랑은 언제나

한 발짝 앞에 있었다

아픔을 잊으려고

바람을 찍어 휘갈기는

산 가지들의 울음

누워 있는 꽃들을 위해

조사를 쓰고 있다

제 무게를 못 이겨

스스로 떨어진 꽃들

여기 잠들다

밥상

자동차 한 대 겨우 지나갈 수 있는
외진 산길
여기까지 와서 버리고 간
밥상

밥과 국과 반찬을 푸짐하게 얹을 수 있는
직사각형 표면이 멀쩡한 것을 보면
다리가 부러져 버려진 것이
틀림없다

꽃잎과 단풍과 마른 나뭇잎까지
제철 음식을 풍성하게 올려놓고
누군가를 기다렸을
식사 시간

사시사철 변함없이 먹음직스러운 밥상은
철마다 진수성찬을 마련해도

다리가 부러지지 않았을 것이다

부풀어 오른 네 귀퉁이는
지금도 날마다
음식을 차리고 있다는 증거

다리가 필요 없는 밥상은
손만 네 개다
풀과 나무가 가져다주는 재료에
햇빛과 비와 눈을 버무려가며
정성껏 차릴수록
더 굵어지는 손

그 손을 놓는 순간
숲 속은 가장
고요할 것이다

풀잠자리

누구세요
실바람 끝에 앉아
푸른 그늘 사이로 비쳐오는 햇살에
졸린 눈을 두리번거리다
문득
먼 하늘을 바라보는 순간
이름을 알려주지 않으면서
가끔씩 찾아오는
당신인가요

그리움이 진하게 묻은 편질
가장 깊은 그림자를 드리운 나무 밑에
곱게 묻어주고 싶다던
그 여린 마음을
아직 잊지 못하고 있어요

그 나무를 찾아
외롭게 날아다니며

지친 날개 잠시 쉬어가는 해거름마다

쓸쓸한 냄새를 맡아보곤 해요

그러나 아직은

온통 풀냄새만 진동하네요

언제쯤이면

바람 끝에 걸린 햇살을 받아

떨리는 날갯짓에

고요하게 여울지는

비린

그늘을 타고

먼 하늘가

당신 곁으로 날아가

살며시

안길 수 있을까요

숲의 콘서트

물을 마셨다 내뱉는 풀과 나무의 심호흡, 겨우내 천천히 숨을 들이마셨다가 봄부터 가을까지 시나브로 뱉어낸다 천지에 울려 퍼지는 꽃과 잎사귀의 발성이 향기롭다 햇빛과 비의 반주에 맞춰 빨-주-노-초-파-남-보 머리를 공명시킨다 몸 밖으로 퍼져가는 빛의 파장, 밤에도 달빛과 조화를 이루며 낮고 섬세한 빛깔을 은밀하게 만들어간다 바람의 악보를 노래하며 목을 가다듬으면 점점 무르익어가는 음색, 저마다 같은 색채는 하나도 없다 작은 풀꽃에서부터 커다란 나무에 이르기까지 매혹적인 해석을 선보인다 리허설 없이 사시사철 공연만 하는 숲속의 전당, 듣는 사람에 따라 교향곡도 되고 오페라도 된다 오묘한 컬러로 노래하는 풀과 나무의 황홀한 목청, 피아니시모에서 포르테시모까지 다채롭게 펼쳐진다 변화무쌍한 팔색조 발성이 메아리치는 숲 속엔 감미로운 애창곡도 울려 퍼진다 들으면 들을수록 가슴이 벅차오르다 한순간 아득해지는 명곡도 있다 그러나 베껴먹거나 흉내만 내려는 자들에게는 성대를 닫아버리는 숲의 저작권, 기쁨과 희열을 못 잊는 사람들에겐 앙코르곡을 한 아름 선물해주는 숲의 연주회, 아직까지 그 선율이 들려 세상이 아름다운 것이다

제4부

똑같이 며칠을 사는데도

귀가 따갑게 울다 가는 매미가 있고
조용히 침묵하다 사라지는 눈사람이 있다

잡초

한적한 곳에 버려진 건축자재 폐기물

풀들이 무성하게 자랄 때도

시멘트 덩어리와 부서진 벽돌이 널려 있는

그곳은 멀리서도 뚜렷하게 보여

눈살을 찌푸릴 수밖에 없었는데

장마가 끝나갈 무렵부터

풀 한 포기 나지 않던 그곳에

잡초가 싹트기 시작했다

얼마나 많은 풀씨를 날렸던 것일까

수많은 희생을 치른 끝에

겨우 뿌리를 내렸을 씨앗들

사막보다 더 지독한 불모지에서

불평 한마디 없이 일하는 풀포기들

어느 곳이든 거절하지 않고 달려가

초록으로 덮어버리는 그들은

세상을 지키는 신의 손길이 아닐까

오염되고 파괴된 이 땅을

처음 모습으로 되돌리려는 신의 마음이 아닐까

세상을 향한 심판이 시작되면

잡초부터 거두어가실지도 모른다

신의 땀방울이 떨어지는 곳에 움트는 잡초

세상은 아직 살 만하다

레몬버베나

흔들려야 향기가 나는 레몬 향 허브
잎사귀나 가지를 흔들어 향기를 맡으면
흔든 손에 향기가 듬뿍 묻어 나온다
두 손을 마스크처럼 코와 입에 대고
숨을 한가득 들이마시면
가슴 깊이 스며드는 허브의 향기
아, 이렇게 살면 얼마나 좋을까
나를 쥐고 흔드는 사람의 손에
이런 향기를 묻혀줄 수만 있다면
내 향기를 맡는 사람의 가슴이
터질 듯 시원해질 수만 있다면
그러나 나는 흔들리면 악취가 나고
흔드는 손에 고약한 냄새를 묻혀준다
그런 날은 집에 돌아오면
냄새가 심해 세수를 할 수 없다
하수구에서 나는 줄 알았다가
내 몸에서 나는 것을 확인하는 순간
괴로워 견딜 수가 없는 것이다

흔들고 흔들렸던 하루가 잠든 밤

꿈에서 몹시 시달리다 깨어난 새벽

나 때문에 잠 못 이루는 얼굴이 떠올라

욕실에서 샤워하는 척

물을 틀어놓고 오래 울었다

퇴비젓

잡초를 뽑아 담그는 식물들의 젓갈
알맞게 익었다 싶으면 속을 뒤집어본다
오젓이나 육젓은 건더기 하나 없이
부드럽게 삭아 흐물흐물하지만
칠젓이나 팔젓은 녹지 않은 줄기가 많아
두세 달 더 참고 기다려야 한다
가을에 잡은 풀로 갓 담근 젓갈은
찬바람이 헤집어놓은 뼈와 살코기에
함박눈으로 여러 번 간을 해야
삼한사온을 겪으며 얼었다 녹았다 하는 동안
보기만 해도 군침이 도는 생젓이 된다
텃밭에서 자라는 채소들의 식욕이
더욱 왕성하게 살아나는 봄날
묵은 건초젓갈들을 한 곳에 쟁이기 위해
비지땀을 흘리며 일하다 보면
고봉밥 한 그릇 뚝딱 비우게 만들
잘 익은 초젓 생각에
온 동네 가득 푸짐하게 번지는 향내

얼마쯤 젖었다 말렸다를 반복해야

찌르기 좋아하는 내 안의 가시들이 곰삭아

손끝으로 살짝 찍어 맛보기만 해도

감칠맛 나는 사람이 될 수 있을까

흙 묻은 옷을 벗고 몸을 씻는데

향긋하게 풍겨오는 마음 젓갈 냄새

어디서 나는 걸까 두리번거리다 발견한

내 몸속 오래된 젓갈통 하나

톱을 깎다

주먹질하고 발길질하는 사람들
손가락과 발가락 끝에 톱이 달려 있어
툭하면 손발을 사용하고
입으로 으르렁대다가도 결정적인 순간
톱을 들이댄다
상대의 숨통을 끊어놓기는커녕
살갗조차 찌를 수 없는 짧고 물렁한 톱날뿐인데도
그 옛날의 본성을 버리지 못해
손가락질부터 하며 달려드는 것이다
뾰족했던 끝이 무디어진 것을 눈치챌까
창피해서 숨기고 싶은 톱
더 이상 무기가 될 수 없는 자존심을 주먹 속에 감춰
인정사정없이 휘두르는 정글
야성이 시퍼렇게 살아 있는데도
물러 터진 톱 때문에 패배한 것만 같아
손바닥으로 얼굴을 감싸쥐며 괴로워하는 야수
손가락보다 더욱 뭉툭해진 발가락은
없는 게 나을 것 같은 톱날만 달고 있어

외출이라도 하는 날엔 양말 속에 꼭꼭 숨겨야

마음 편히 어슬렁거릴 수 있다

실체로 알았던 톱은 상상의 톱이었을까

본능이 끓어오르는 만큼 손발톱이 자라주지 않아

차라리 뿌리째 뽑아버리는 게 낫겠다는 자포자기 심정으로

열 손가락 열 발가락 모조리 깎아버리는 저녁

한 마리 순한 짐승이 숨을 몰아쉰다

지금도 아프리카에서는 사람이 죽으면

손톱과 발톱을 잘라 맹수에게 던져주는 풍습이 있다

때를 밀다

마음이 부대껴 몸까지 힘들어지면
아무리 애를 써도 풀리지 않는 고단함
뜨거운 물에 담그고 싶어 목욕탕에 간다
때를 밀면 다 사라질 것 같아
돈을 주고 때를 밀기로 한다

한 사람 크기 때밀이 대에 눕는다
하관도 이렇게 편안한 느낌일까
발목에 차고 있던 옷장 키마저 벗겨지면
모든 소유가 사라지는 서늘함

손가락 끝에서부터 찬찬히 때를 밀다가
가슴팍을 연달아 미는 순간은 제법 쓰라렸다
들릴 듯 말 듯 새어 나오는 신음 소리
살갗의 거친 마찰을 다 받아내기로 한다
아직까지 뭉쳐 있는 응어리 한 덩이
시원하게 풀리기를 바랄 뿐이다

손끝 하나로 이쪽저쪽 뒤집어가며

구석구석 때를 벗기는 사람 앞에서
나는 그저 고깃덩어리에 불과하다는 생각

울컥 치밀어 오르는 뜨거움을 식히기 위해
지우개처럼 돌돌 말려 떨어지는 때를
두 눈으로 확인하고 싶었으나

눈물이 쏟아질 것만 같아
눈을 꼭 감아야 했다

눈물 씨앗

사람도 씨앗을 맺는다
잘 익은 씨앗부터 거둬 파종한 후
새싹을 키우며 살아가는 것이다

한 방울 두 방울 따보기도 하고
주르륵 흘러내려 한 주먹 쥐어보기도 하는
때로는 몇 날 며칠 고된 노동 끝에
많은 사람들과 어울려 수확하기도 하는
맑고 투명한 씨앗

썩지 않고 그대로 있으면
싹이 나지 않는다는 말씀처럼
사람의 씨앗도 그 자리에서 바로 죽어
저마다 원하는 싹을 틔운다

씨앗 중에 가장 신비한 씨앗
모양과 성분까지 비슷한 씨앗들이 피워내는

기쁨의 꽃들과 미움의 독초들

줄기와 잎이 보이지 않아
누가 어떤 식물을 가꾸며 사는지 알 수 없지만
결국엔 드러나는 마음속 정원
그 속에서 씨앗들이 영글어간다

연민을 키우다

햇볕 잘 드는 창 아래
푸른 잎사귀를 가진
작은 화분 하나

나 좀 보라고
아침마다 이야기해도
오후가 되면 어김없이 창밖으로
고개를 돌리고 있는 그녀

내가 싫은 걸까
완전히 돌아간 고개
다시 돌릴 기미가 보이지 않아
오늘 밤은 그대로 두고
내일 아침
나도 얼굴 좀 보고 살자고
조심스럽게 말해볼 생각이다

무엇 때문에 저러는지

도무지 알 수가 없어

날마다 시커멓게 타들어가는 가슴

아침에는 환하게 피어났다가

저녁에는 시무룩해지는

표정은 같으나 마음은 다른

그대 그리고 나

어떻게 하면

그녀 마음을 달랠 수 있을까

화분을 돌려놓는 두 손에

한가득 느껴지는 무게

저울이 되어버린

내 가슴속 여린 눈금

자반고등어 한 손 2

사소한 일로 토라진 아내의 이불 속 뒤척임,

잠결에라도 안아주려고 팔을 내미는데 등을 보이고 돌아
눕는다 다행히 등만 돌리고 밀쳐내지는 않아 빠져나가지 못
하도록 부드럽게 안아준다

내장이 썩어 문드러지다 녹아 없어져버린 속을 들키기 싫
어 손을 뿌리치고 돌아누운 암컷과, 그런 암컷을 등 뒤에서
라도 편안하게 껴안아주려고 자신의 내장을 다 긁어내버린
수컷

텅 빈 가슴 비어 있는 뱃속을 손으로 가리고 있는 탓에 스
스로 확인하게 되는 쓰라림, 만져볼 수도 쓰다듬어줄 수도
없어 딱딱한 등에서 소름처럼 비늘이 돋아 푸른 멍울처럼 굳
어가는 원망만 느끼는 가슴, 그래도

서로의 내장을 따뜻하게 데워주면서 잠자는 부부보다는
못하지만, 등에 난 검은 가시의 독으로 서로를 찌르면서 잠

자거나 그것이 무서워 아예 갈라서 버리는 남녀보다는 나은
고등어 부부의 잠자리

　아내의 등에 퍼진 멍과 거기서 솟아나는 딱딱한 뼈까지 배
와 가슴으로 품어주며 잠자는 밤,

　안고 안긴 채로 얼음 침대 위에 누워서 살아가는 풍경이
낯설지 않다

갈비

명절 전날이면 갈비를 준비해
핏물을 곱게 빼곤 하셨던 어머니

물컹한 갈비 토막들이
물속에서 포근한 꿈을 꾸었다
살점들의 맑은 숨소리가 잦아들 때쯤
노을은 더욱 붉게 물들었다

몸에 좋다는 천연 생리대를 사온 아내도
한 달에 한 번씩
갈비를 물에 담가놓았다

벌겋게 핏물이 빠지는
헝겊 갈비
어머니 옆에선 입맛을 다시곤 했는데
아내의 갈비는 안쓰럽기 그지없다

없는 살림에

달마다 갈비를 마련해야 했으니
얼마나 힘이 들었을까

핏물을 뺀 후
푹 삶고 있는 갈비 몇 개
번번이 챙겨주지도 못했던
아내의 명절이다

향나무 탁본

회초릿감을 찾다가
폭설에 꺾인
향나무 가지를 보았다

쓸 만한 것을 떼어내
잔가지를 다듬는데
찐득하게 엉겨 붙는 먹물
향나무가 다급하게 갈겨쓴 탓에
손바닥이 아렸다

반쯤 마른 껍질을 벗기니
하얀 속살 여기저기
자잘한 옹이가 박혀 있다
나이테를 따라
수없이 되뇌었을 말들의 마침표
뼈를 깎듯 수련한
문장이 매끄러웠다

허공을 가르는 회초리 소리

향나무 바람체를 받아쓰는 종아리

연한 살결 위에

연분홍 일필휘지가 선명하다

울며 글을 읽은 아이

마음속에서

울창하게 뻗어가는

향나무

한 그루

붉게 물든 바람은

가지를 꺾지 않는다

노면을 읽다

중형차를 몰다 경차로 바꾼 이후
운전이 험하다는 소리 자주 듣는다 그때마다
차가 작아 노면의 영향을 쉽게 받는다 말하고 싶었으나
왠지 내가 속 좁다는 말 같아 얼른 삼켜버린다
무거웠던 중년을 지나 모든 것이 가벼워지는 노년에 들면서
가지고 있던 것들을 하나씩 없애거나 줄여야 했다
그럴수록 몸과 마음이 홀가분해지기보다
생활의 거친 노면을 생생하게 느껴 불안했고
나 자신을 너무 험하게 몬다는 오해 섞인 핀잔을
만나는 사람마다 듣게 될까 두려웠다
몸은 점점 위축되고 힘까지 없어질 것이 분명한데
하루하루 지날수록 더욱 고단한 길만 있을 것 같아
다시 중형차를 타고 싶은 생각이 간절해진다
결국 마음의 노면이 문제라는 깨달음에 이르러
굴곡진 내면을 평평하게 닦아야겠다고 결심하지만
그마저도 후련하게 해결할 자신이 없어
남은 길 내내 인생의 노면에 시달려야 하는 경차 운전자
아스팔트 포장도로를 달릴 때는 상관없지만

공사 중 구간이나 비포장도로에서는

속도를 죽이며 조심조심 가야 하는 가여운 삶

틀니

오십이 가까우면서 느껴지는
이의 미세한 균열, 어쩌다 작고 딱딱한 것을 씹으면
잇속에 벼락이 쳤다 그럴수록 치과에 가야 하는데도
대학에 다니는 두 딸의 학비를 위해
참고 또 참을 수밖에

바로 치료받지 않으면 돈 엄청 깨진다고들 했으나
딸들의 한 학기 한 학기가 잘 솟아나
튼튼하게 자리 잡기를 바라는 부모로서는
도저히 들을 수 없는 말

한 해 두 해 혀로 짚어보며 살아온 치아의 날들
각진 부분들이 자잘하게 깨져 까끌까끌했고
이러다 왕창 무너지는 게 아닌가 싶어 울적한 마음
낡은 집 대문짝 떨어져 나가듯
하나둘 사라져가던
늙으신 아버지의 이가 생각났다

이 하나가 나의 오 년이었을까 십 년이었을까

눈에 잘 띄지 않는 어금니는 그렇다 치고
신수 훤하게 만드는 앞니마저도 대부분 보이지 않으니
누군지 몰라도
자식 놈 밑으로 돈 꽤나 쏟아부었을 터

늦은 밤 귀가하는 딸을 마중 나가는 길
교육과 혼사까지 다 마치면
나도 아버지처럼 될 것을 짐작하며
가만가만 혀로 확인해보는 이빨들

자식들 모두 내 곁을 떠나는 날
근사한 졸업장 하나 받고 환하게 웃을 것이다

내장탕 한 잔

물도 없는 수족관에 담겨
바람의 냇가를 떠돌던 커피믹스 물고기들
도매상과 소매상을 차례로 거치는 동안
때깔 하나 변하지 않은 채 누워 있었다
배를 따면 주르륵 쏟아져 나오는 내장들
고운 가루 속에 향까지 들어 있었다
끓는 물을 부어 순식간에 만드는 내장탕
쓴맛에 단맛이 섞여 있는 한 모금
삶은 괴로움뿐 즐거움은 잠깐이었다
눈물 쓱쓱 닦아가며 먹는 이 뜨거운 맛
뱃속에서 꾸물거리는 내장

낙엽 냉국

움푹 파인 바위에
빗물과 낙엽으로 만든 국 한 그릇

누구를 위한 것일까

여름도 아닌 늦가을에
곱게 차려놓은 냉국을 보니

누군지는 몰라도
가슴속 깊은 상처
아직까지 아물지 않았나 보다

질료와 형상의 발견과 시적 지평

이재복

1. 사물과 지각장의 흐름

한 편의 시는 어떻게 만들어지는 것일까? 이것은 시와 관련하여 가장 기본적인 물음이 될 것이다. 어쩌면 이 물음은 시인에게 체화된 형태로 존재하는 세계일지도 모른다. 한 편의 시가 탄생하기 위해서는 당연히 시인이 존재해야 하고, 또 시적 대상이 존재해야 한다. 이때 시인은 의식의 주체여야 한다. 의식의 주체로서의 시인은 시적 대상을 자신의 지각장 속으로 끌어들여 그것을 미적으로 표현해내려고 한다. 시인의 의식은 시적 대상에 따라 변하고 또 시적 대상은 시인의 의식에 따라 변하는 것이다. 시인과 시적 대상 사이의 긴장(tension)이 시의 기본이라면 이 관계를 어떻게 인식하고 그것을 어떻게 형식화하느냐 하는 문제는 중요하다고 하지 않을 수 없다.

시인과 대상 사이의 긴장은 느슨하고 나이브한 의식으로는 성립될 수 없다. 시인의 의식이 시적 대상의 이면을 깊이 들여다보려 하지 않고 겉에 드러난 것만을 세계의 전부라고 믿어버리면 그 시는 미적 성취를 이루기가 어렵다. 시와 대상 사이의 긴장 혹은 미적 성취는 드러남과 숨김이라는 수법의 적절한 활용을 통해 이루어지며, 이 과정에서 은유와 환유, 아이러니와 패러독스 같은 원리가 작동하게 된다. 이 원리들은 세계의 의미 지평뿐만 아니라 미적 지평을 넓히는 중요한 방법이다. 한 편의 시는 시인과 시적 대상 사이의 관계 속에서 탄생하지만 그것이 일정한 차이를 드러내는 데에는 이러한 원리들에 대한 인식과 실천의 정도가 시인에 따라 다르게 나타나기 때문이라고 할 수 있다. 좋은 시일수록 이러한 원리들을 통한 긴장의 정도가 크다.

이종섶의 시에서도 이러한 긴장이 드러나는데 그것은 시인이 대상과의 관계를 의식적으로 고려하고 있기 때문이다. 시인의 대상에 대한 의식은 직접적으로 드러날 때보다는 간접적으로 드러날 때 더 강한 미감을 환기한다. 시인의 의식과 대상 사이의 미감은 그 간접화를 가능하게 하는 매개가 존재할 때 더 잘 나타날 수 있다. 시인과 대상 사이의 매개로 인해 그것이 미적 굴절로 이어질 개연성은 그만큼 커질 수밖에 없다. 시인과 시적 대상 사이의 미적 굴절이 비교적 잘 드러난 작품으로 「풀잠자리」를 들 수 있다. 이 시의 시적 대상은 '풀잠자리'이다. 하지만 풀잠자리는 '당신'을 매개하는 존재이다. 시인의 의식의 궁극은 당신을 향해 있다. 이런 점에서 시 속의 풀잠자리와 관련된 이

미지는 모두 당신을 환기하는 것으로 볼 수 있다. 시인이

> 언제쯤이면
> 바람 끝에 걸린 햇살을 받아
> 떨리는 날갯짓에
> 고요하게 여울지는
> 비린
> 그늘을 타고
>
> 먼 하늘가
> 당신 곁으로 날아가
> 살며시
> 안길 수 있을까요
>
> ─「풀잠자리」 부분

라고 노래할 때 그의 의식은 풀잠자리를 매개로 하여 당신에 이르고 있음을 알 수 있다. 시인의 의식이 직접적으로 당신에 이르지 않고 풀잠자리를 매개로 하여 드러나기 때문에 풍부한 비유와 눈에 보이지 않는 상징의 차원까지 구현해내고 있는 것이다. 만일 풀잠자리를 매개하지 않았다면 어떻게 '날개'와 '그늘'의 이미지를 만들어낼 수 있었겠는가. 당신에 이르는 시인의 의식이 억지로 꾸민 자국 없이 자연스럽게 흘러가는 것처럼 느껴지는 데에는 이러한 매개에서 비롯하는 섬세한 감성과 이미지의 현현이 있기에 가능한 것이라고 할 수 있다. 특히 '고요하게 여울지는 비린 그늘을 타고'라는 표현이 미적 감성을 불러

일으킨다. 이 '여울지는 비린 그늘'이 있기에 시인은 당신에 이를 수 있는 것이다. 이것은 이쪽에서 저쪽으로 갈 때 통과하는 일종의 관문 같은 상징성을 띤다. 여울에서 느껴지는 혼돈과 혼란, 비린 그늘에서 느껴지는 생명의 코스모스는 '먼 하늘가 당신 곁으로'의 흐름을 천의무봉하게 만들어준다.

시적 대상에 대한 시인의 의식의 흐름이 이렇게 자연스러울 때 감성은 살아나고 의미는 선명하게 각인된다. 억지로 꾸며낸 시는 시인의 의식 자체가 거짓된 것이라는 사실을 노출하고 있기 때문에 그 감성에 공감하거나 의미를 자신의 문맥 안으로 끌어들이려고 하지 않는다. 이렇게 되면 시는 자연 도태될 수밖에 없다. 어떤 대상을 살리기도 하고 또 죽이기도 하는 것은 시인의 의식과 시적 대상 사이에서 일어나는 이러한 감성과 의미의 천의무봉함의 여부에 달려 있다고 해도 과언이 아니다. 그의 시에서 비린 그늘에 견줄 만한 질료로 '벼랑'이 있다. 벼랑은 비린 그늘에 비해 낯선 시적 질료는 아니다. 시적 질료로 시인들이 많이 사용해온 것이 사실이다. 흔히 시인들은 극한의 상황이나 극한의 정서를 표현할 때 벼랑이라는 질료를 즐겨 사용한다. 그의 경우도 여기에서 크게 비껴나 있지 않다. 그의 시 속의 벼랑은 모두 죽음의 이미지와 연결되어 있다. 둘 사이의 연결은

겨울을 잘 견딘 노인들 중에도 봄에 목숨을 놓는 가여운 이들이 있다
봄에만 들을 수 있는 그 숨소리는 자신의 벼랑을 더듬는

소리

　사람들은 일생에 단 한 번 고요한 소리를 들려주고 싶어
한다

　죽음도 이쯤 되면 사는 것보다 훨씬 편안한 일

　붉게 메마른 잎들이 겨우내 허공을 바삭거리며 만든 벼랑
으로 치면

　세상에서 가장 크고 든든한 벼랑

　　　　　　　　　　　　　　　—「벼랑 주식회사」 부분

으로 나타나기도 하고 또

　천 길 벼랑은 언제나

　한 발짝 앞에 있었다

　아픔을 잊으려고

　바람을 찍어 휘갈기는

　산 가지들의 울음

　누워 있는 꽃들을 위해

　조사를 쓰고 있다

　제 무게를 못 이겨

　스스로 떨어진 꽃들

　여기 잠들다

　　　　　　　　　　　　　　　—「꽃의 무게」 부분

로 나타나기도 한다. 시인은 벼랑에서 '소리'를 읽어낸다. 그런
데 이 소리는 '숨소리'이다. 벼랑이 '노인들이 목숨을 놓는 곳'
으로 치환되면서 숭고의 대상이 된다. 노인들이 자신의 목숨 줄

을 놓고 저승으로 가는 순간의 평온함에서 흘러나오는 고요한 숨소리를 시인은 천길 벼랑을 '더듬는 소리'로 읽어내고 있다. 목숨이 다하는 순간 편안하게 그 줄을 놓는 행위는 인생에서 단 한 번밖에 할 수 없다는 점에서 숭고의 대상이 될 수밖에 없다. 삶이 죽음으로 바뀌는 숭고한 순간의 이미지를 벼랑에서 아래로 떨어지는 순간 그것을 더듬는 소리로 치환하고 있는 시인의 의식은 일종의 시적 '발견'으로 볼 수 있다. 시인은 죽음 속에 은폐되어 있는 절벽의 의미를 혹은 절벽 속에 은폐되어 있는 죽음의 의미를 발견한 것이다. 절벽이 매개가 되어 죽음을 발견해내는 시인의 의식은 벼랑의 의미를 단순한 아름다움을 넘어 숭고의 차원에까지 이르게 한 것으로 볼 수 있다.

벼랑이 매개가 되어 죽음의 의미를 발견해내기는 「꽃의 무게」에서도 마찬가지이다. 하지만 이 시에서의 죽음은 노인들의 그것이 아니라 '꽃'의 그것이라는 점이 다르다. 노인들의 평온한 죽음과는 달리 여기에서의 죽음은 '제 무게를 못 이겨 스스로 떨어진 꽃들'의 한 서린 죽음인 것이다. 이런 죽음에는 반드시 상처가 남을 수밖에 없다. '산 가지들의 울음'이 말해주듯이 꽃들의 죽음은 생채기를 남긴다. 이렇게 되면 노인들의 평온한 죽음과 관계되었을 때의 벼랑의 의미와는 다른 새로운 의미가 만들어지는 것이다. 꽃들의 한 서린 죽음과 관계된 벼랑은 무겁고 어두운 이미지를 강하게 환기하는 불안과 공포의 의미를 지닌 그런 벼랑으로 존재할 것이다. 벼랑이라는 동일한 시니피앙이 평온과 불안이라는 서로 다른 시니피에로 존재한다는 것은 시어 자

체가 고정되어 있지 않고 시적 상황에 따라 끊임없이 미끄러져
내리는 열린 가능성을 암시한다는 점에서 주목에 값한다.

2. 반어와 역설의 지평

이종섶의 시가 드러내는 세계는 조화나 화해보다는 부조화와
불화가 지배적이다. 이것은 시적 대상을 향하는 시인의 의식의
어두움과도 통한다. 시인의 의식이 향하는 곳에는 사물이나 세
계의 그림자나 그늘이 깃들어 있다. 시인의 의식의 어두움과 그
것의 투사는 세계의 어느 한 면만을 드러내지 않으려는 시인의
의지가 반영된 것으로 볼 수 있다. 만일 시인이 어느 한 면만을
지나치게 드러내려다 보면 그 세계의 이면에 존재하는 또 다른
면 곧 그림자와 그늘은 제대로 볼 수 없을 것이다. 어느 한 면이
아니라 다른 면이 동시에 드러나면 세계의 모순이라든가 부조
리는 물론 반어와 역설 같은 수사의 차원까지 탈은폐 전략의 범
주 안으로 들어오게 된다.

반어와 역설은 눈에 보이는 차원만을 주시할 때는 잘 드러나
지 않는다. 그것은 눈에 보이는 차원 이면 곧 눈에 보이지 않는
차원을 주시하려는 태도를 보일 때 드러난다. 시인은 이 눈에
보이지 않는 차원에 대해 일정한 자의식을 지니고 있어야 한다.
가령 사람들이 '코르셋'을 보면서 '잘 다듬어진 몸매만 바라보
며 찬사를 늘어놓'을 때에 시인은 그 이면에 은폐되어 있는 '사
슬이 남긴 흉터 자국'(『코르셋』)에 대해 말할 수 있어야 한다. 눈

에 보이는 잘 다듬어진 몸과 눈에 보이지 않는 흉터 자국이 말해주는 것은 세계 혹은 존재 자체의 모순과 부조리이며, 이 불화가 반어와 역설 같은 시적 원리를 낳는다는 사실이다. 코르셋의 이면이 은폐하고 있는 흉터 자국을 주시하고 그것의 의미를 발견하려는 태도를 지닌 시인에게 세계나 존재는 단선적으로 보이지 않을 뿐만 아니라 쉬운 화해의 대상이나 나이브한 대상으로 보이지 않을 것이다. 코르셋이 은폐하고 있는 상처를 어떻게 들추어내고 그것을 어떤 식으로 세계나 존재 내에서 화해시켜 나갈 것이냐의 문제는 시인이 감당해야 할 중요한 몫이라고 할 수 있다.

시인과 세계 사이의 불화와 그것을 화해시키기 위해서는 기본적으로 세계에 대한 통찰력이 전제되어야 한다. 이 통찰력은 주의(attention)를 기울여 세계를 들여다볼 때 발생한다. 「빙어」에서 시인이

일조량이 터무니없이 부족했던 그해 겨울
앞이 보이지 않아 견디기 힘들었다
희미한 빛조차 스며들지 않는 날은
온몸을 투명하게 만들어야 겨우 살 수 있었다
뼈까지 녹아버리지 않을까 걱정이었지만
한 조각 햇살이라도 들이기 위해선 어쩔 수 없었다
… (중략) …
눈부신 빛이 쏟아져 들어오고
사이사이 끼어 있는 미끼를 허겁지겁 빼 먹는 동안

운 좋은 놈들은 하늘 높이 솟구쳐 올라가
꿈에 그리던 빛의 세계로 떠날 수 있었다
하루에도 수십 번씩 출구를 기웃거리며
지긋지긋한 백야를 어서 탈출하고 싶었는데
느닷없이 찾아와버린 잔물결 이는 계절
탈옥을 꿈꿀 수 없는 감옥에서
수중 낙원이라고 말하는 천국에서
다시 겨울을 기다리는
작은 물고기들의 눈은 한없이 맑았으나
머리는 텅 비어 있었다

— 「빙어」 부분

라고 할 때 그가 보인 태도는 존재의 비극적인 상황에 대한 인식과 통찰이다. 시인의 의식은 '빙어'를 통해 드러난다. 빙어가 처해 있는 상황은 빛의 부족으로 인해 견디기 힘들 뿐만 아니라 계절의 변화가 예고되지 않고 느닷없다는 점에서 암울하고 전망 자체가 불투명하다. 하지만 시인은 이런 상황에 함몰되지 않고 여기에 미적으로 저항한다. '일조량이 터무니없이 부족한' 상황에 시인은 '온몸을 투명하게 만들어' 저항했고, '탈옥을 꿈꿀 수 없는 감옥'과 같은 상황에 대해서는 '눈의 맑음'과 '머리의 텅 빔'이라는 반어와 역설로 그것에 저항한다.

어떤 상황에 함몰되지 않으려는 것으로서의 이러한 미적 저항은 시적 긴장을 불러일으킨다. 빙어의 몸이 투명한 이유가 어둠에 있다는 인식, 눈의 맑음과 머리의 텅 빔이 빙어의 몸에 공존한다는 인식은 서로 대비되어 보이는 두 세계가 분리되어 있는 것이 아니라 일정한 관계 속에 놓여 있다는 것을 의미한다. 이 관계는 모순 속의 조화, 혼돈 속의 질서 같은 것으로 이것은 기우뚱한 균형을 겨냥하고 있다는 점에서 긴장을 유발할 수밖에 없다. 어느 한쪽으로 쏠리거나 넘어지지 않고 균형을 유지하기 위해서는 긴장이 요구된다. 모순과 역설을 통한 시적 긴장은 그의 시에서 어렵지 않게 드러난다. 가령 '진흙탕에 뒹굴수록 살맛 나는 세상이 올 테니까' (「게장」)나 '노래방을 신이 거주하는 신성스러운 곳' (「성노래방」)으로 치환하는 경우에서처럼 그것은 성과 속이 함께 공존하는 긴장의 세계이기도 하고, '꽃잎들이 사라지면, 어린 가지들은 배부른 식사를 마음껏 할 것' (「4월」)이나 '산에서 자란 나무도 밑동이 잘려 코뚜레를 꿴 이후 한 집안의 든든한 뼈와 힘줄이 되어주었다' (「소나무 평전」)에서처럼 그것은 삶과 죽음이 함께 공존하는 긴장의 세계이기도 하다.

그의 시 속의 다양한 긴장은 긴장 그 자체로 존재하기도 하지만 여기에 감정이 투영되어 드러나기도 한다. 그의 시에서 자주 발견되는 감정은 '연민'이다. 이 연민은 삶의 과정 속에서 생겨난 것이다. 시인의 눈에는 삶의 과정 자체와 그 과정 속에서 살아가는 사람들이 모두 연민의 대상이다. 시인은 자신의 삶을 '경차 운전자의 삶' (「노면을 읽다」)에 비유하고 있다. 그가 보기에 경차는 '노면의 상태를 생생하게 느끼'면서 달릴 수밖에 없는, 그래서 '불안'하고 그것을 '내면의 마음'을 다스리는 것으로 해결해보려 하지만 결국 그가 깨달은 것은 '남은 길 내내 인생의 노면에 시달려야 한다'는 사실이다. 시인의 이러한 깨달음은 자신의 삶과 쉽게 화해하지 않고 그것을 불화의 상태로 남겨두고 있다는 점에서 시적 진정성을 확보하고 있다. 내면의 마음을 다스리는 것으로도 해결되지 않는 자신의 삶에 대해 시인은 그것을 '가여운 삶'이라고 말한다.

연민은 종종 감정의 과잉을 불러올 수 있다는 점에서 그것의 과도한 노출은 위험할 수 있다. 그의 시에서도 이러한 위험성이 없다고 할 수 없지만 그것이 대상을 통한 객관적인 공감을 이끌어낼 수 있다는 점에서 지나친 감정 과잉으로는 흐르지 않고 있다. 아버지의 치아를 통해 자신의 이를 '가만가만 혀로 확인해보는'(『틀니』) 대목이라든가 '아내의 등에 퍼진 멍과 거기서 솟아나는 딱딱한 뼈까지 배와 가슴으로 품어주'(『자반고등어 한 손 2』)는 행위, '갈비의 핏물 빼듯 생리로 인해 피를 흘리는 아내에 대해 안쓰러워'(『갈비』)하는 대목 등에서 발견할 수 있는 것은 삶의 과정 속에서 자연스럽게 경험하는 연민의 감정이다. 시인이 어떤 대상에 대해 연민을 느낀다는 것은 관계의 성립 가능성을 드러내 보인 것으로 볼 수 있으며, 이것이 관계에서 오는 모순이나 불화 그리고 반어와 역설과 같은 시적 원리에 적절하게 녹아든다면 미적 파토스의 차원에서 한층 높은 시 세계를 구현해낼 수 있을 것이다.

3. 질료와 형상으로서의 시

시적 대상이 모두 질료가 되는 것은 아니다. 질료는 재료와는 다른 것이다. 재료가 자연 그대로의 대상이라면 질료는 시인의 의식이 투영된 미적 결과물이다. 시가 재료에서 질료로 질적 도약이 이루어지지 않는다면 일정한 미적 성취를 기대할 수 없다. 질적 도약이 이루어지지 않은 시는 시인 자신만의 형상을 가질 수 없다. 우리가 시를 읽고 여기에서 어떤 형상이 떠오르지 않는다면 그 시는 낯설고 강렬한 충격을 불러일으킬 수 없을 것이다. 우리가 알고 있는 좋은 시들은 모두 이러한 미적 충격을 불러일으키기 때문에 오래도록 기억되는 것이다. 이런 점에서 볼 때 「천둥소리」는 주목할 만하다.

> 지도에도 없는 시간이 흘러가는 푸른 바다
> 굶주린 눈빛을 잠재우지 못한 갈매기들이
> 빛살 한 가닥을 순식간에 낚아채 삼켜버렸다
> 뱃속에서 채 소화되기도 전에 배설되어
> 수직으로 낙하하는 비명의 어설픈 공중회전
> 마비된 지느러미로 헤엄치는 물고기가 덜컥 물어
> 아등바등 눈물겹게 딸려 올라가는 슬픔 속에서
> 하루 종일 소외된 시침이 눈부시게 휘청거리고
> 정해진 방향으로만 맴돌아 미칠 것 같은 분침도
> 바다 속에서 마른 소리를 내며 부러져버렸다
> 아가미를 다친 처절한 육질의 덩어리
> 눈만 감은 채 허공에서 푸드득거리다가

생애의 한 지점 그 알 수 없는 표면에 떨어져
가공할만한 무중력의 충돌을 일으켰다
하늘이 옷 벗을 새도 없이 다급하게 뛰어들었으나
아무것도 보이지 않았다 그것으로 끝이었다
깃털이 뽑힌 바닷새들은 정전인 줄 알고
전선이 끊어진 전봇대로 소리 없이 날아가
보이지도 않는 눈으로 불을 켜 비상등을 걸었다
식은잠에서 깨어난 청소부들이 부두에 도착했을 때쯤
잠이 모자란 갈매기들은 부러진 초침을 지팡이 삼아
내일의 시간 예보가 희석된 바닷물을
흔들거리는 갑판 위에 게워내고 있었다

— 「천둥소리」 전문

이 시는 질료와 형상 혹은 형식과 내용이 견고하다. 이 견고함은 시간의 질료와 공간의 질료가 교차하는 과정에서 드러난다. 시간의 질료를 표상하는 것은 '천둥소리'이며, 시인의 의식은 이것을 순간적으로 포착하고 있다. 하늘에서 천둥이 일고 번개가 치면서 그것이 '바다'로 수직 낙하하는 그 순간의 흐름을 시인의 의식은 잘 잡아내고 있다. 이와 동시에 '바다', '갈매기', '물고기'로 표상되는 공간의 질료들이 천둥, 번개와 같은 시간의 질료들과 충돌하면서 새로운 존재의 장이 탄생한다. 시간과 공간의 질료들이 교차하면서 탄생한 존재의 장은 우리에게 익숙한 세계가 아니라 낯선 세계이다. 이 낯섦은 우리로 하여금 안정된 즐거움보다는 불안정한 즐거움을 제공하는데 이 불안정이야말로 미적 파토스를 불러일으키는 중요한 요인인 것이다.

시적 질료가 일종의 에너지 같다면 형상은 그것이 구체적인 형이나 상으로 드러난 것을 말한다. 시공간의 교차가 생산해낸 불안정한 에너지가 차츰 어떤 형이나 상을 지니게 되고, 우리는 그것을 혼돈 속에서 질서를 찾듯이 처음에는 낯설지만 어떤 구체적인 이미지로 그것을 체험하게 된다. 천둥소리로부터 시작된 시인의 의식이 바다, 갈매기, 물고기 같은 시적 대상을 만나 질료와 형상을 갖추어가면서 한 편의 시를 완성해간다는 것은 눈에 보이는 차원 이면에 은폐된 미적 질서를 들추어내는 과정과 다른 것이 아니다. 시인의 시 쓰기의 과정이 이러한 방식으로 이루어질 때 새롭고 낯선 형식의 시가 탄생하는 것이다. 시인의 자의식이 여기를 겨냥하지 않으면 미적 긴장은 성립될 수 없다. 시인은 이 시에서처럼 천둥소리를 듣고 그것을 지각의 장으로 투사하여 개념화되거나 도구화된 의식에 물들지 않은 낯선 영역을 발견하려는 태도를 견지해야 한다. 이것이 온전히 이루어져야 상투화되고 낡은 상상과 표현으로 인한 시의 도태 현상은 발생하지 않을 것이다.

李在福 | 문학평론가 · 한양대 교수

푸른사상 시선 54

바람의 구문론